JN083102

日向丘中学校カウンセラー室

まはら三桃

アリス館

日向丘中学校カウンセラー室

目次

装画　めばち
装丁　bookwall

日向丘中学校は名前の通り、日当たりの良い丘の上にある。

五月のなかば。谷川綾がカウンセラー室の窓を開けると、やわらいだ風が入ってきた。

この部屋で、生徒たちの悩みをきくのが綾の仕事だ。

学校にやってきて三年目。もうすぐ二十七歳になるけれど、百五十センチという身長と、中学生のようなおかっぱ頭のせいか、話に来る生徒からは、「先生っていうより、友達みたい」と言われることがある。

コンコンコン。

ノックの音がして、綾は振り返った。

「はい、どうぞ」

「こんにちは」

「あ、横森せ」

「清二です」

「はい、清二さん」

顔をのぞかせたのは、清二さんだった。

横森清二さんは六十三歳で、学校用務員だ。

綾は日向丘中学校のスクールカウンセラーになったとき、清二さんの人気の高さに少し驚いた。理由のひとつは、清二さんはぱっと見、ちょっと強面だからだ。でもそこが「ショーワの俳優みたい」と、生徒たちに受けている。

日向丘中学校には、生徒たちから〝さんづけ〟で呼ばれる名前が三つあるが、清二さんはそのひとりだ。

今日も清二さんはにこりともせず、何かを綾に差し出した。小さな透明のプラスチックケースだった。

プリン型で、ふたがついている。

「それは何ですか?」

ケースの中には、葉っぱが数枚入っているようだ。

「さて」

清二さんが少しだけ首を斜めにしたので、綾は中をのぞきこんだ。

「わっ」

思わず背中がのけぞった。だって小さな芋虫だったのだ。

「ふふ」

期待した反応が得られたからか、清二さんは珍しく笑った。

「何の幼虫ですか。蝶……じゃなさそうですね」

まんまとはまってしまったのが、ちょっと悔しくて、綾は冷静を装って観察してみた。

大きさは一センチ足らずで、黒っぽい。

「育ててみたらいいですよ。植物や生きものを育てるのが上手なようですから」

「ああ、ちょっとずつ増えてしまって」と、綾は部屋の後ろの棚を見やった。

メダカと金魚の水槽は、いずれも引っ越しなどで飼えなくなった生徒から託されたものだ。窓辺には観葉植物とハーブのプランター。こちらは卒業式のときに、園芸部の生徒からもらったもの。日当たりが良いせいか、二か月の間にどんどん育っている。

茂ったバジルが風に揺れ、カーテンがふわりふわりとそよいでいた。

「よい色のカーテンですね」

「はい。色もですけど、名前もいいんです」

もともと部屋についていたのは、ほかの教室と同じクリーム色だったが、赴任した際に綾が選んで取りかえた。落ち着きと清々しさを感じる色だ。

「セージ・グリーンって言うんですよ。あ、名前が一緒ですね」

「……私はこんなにさわやかではないですが」

冷やかすように言うと、清二さんは生真面目な顔で、作業服の胸元あたりをなでた。

「セージは抗酸化作用が高いハーブだから、毒を除去してくれるんです」

「それはいいですね」

清二さんは納得したようにうなずき、「では」と踵をかえした。

「ありがとうございました」

綾はグレーの作業着の背中に声をかけた。正直なところ感謝はしがたかったが、贈り物をもらったことは確かだ。

「なんだろ、これ」

綾はしばし考え、机の中からスマホを取りだした。

いつもの人にきいてみることにする。

写真を撮って、相手に送った。


〝これ、何の幼虫かな？〟

送信し終えたとき、廊下の向こうからバタバタと足音が聞こえてきた。

1 かわいい勘違い

やって来たのは女子生徒だった。目鼻立ちのはっきりした華奢(きゃしゃ)な子だ。髪(かみ)を耳の上あたりでツインテールにしている。前髪は横わけにしてピンでとめているので、形の良いおでこが出ていた。

「あの。ここいいんですか」

今にも泣きそうな顔だ。いや、すでに語尾(ごび)の声が崩(くず)れている。

「どうぞ」

声をかけるやいなや、女子生徒は綾(あや)の脇(わき)をすり抜(ぬ)けて部屋に入ると、ソファに倒(たお)れるよ

うに座り込んだ。

カウンセラー室の真ん中には、テーブルをはさんで二人掛けのソファが向かい合ってい て、部屋の後方の棚とソファの間にはカーペットが敷いてある。ここには小さなテーブルが置いてあるので、上履きを脱いで上がって、絵を描いたり宿題をしたりする子もいる。

部屋の中でいちばん目を引くのは、桜の古木で職人さんが作ったという、ロッキングチェアーだ。退職した校長が寄贈してくれたもので、座るとゆったりとした気分になる。

そのほか、部屋の前方の右角に、綾用の事務机と椅子が置いてある。

「それに座ってもいいわよ」

少しでも気持ちを和らげようと、ロッキングチェアーをすすめてみたが、女子生徒はちらりと視線を流したものの、無言でうつむいた。

——いっぱい、いっぱい、なのかな。

女子生徒が落ち着くのを待つ間に、綾は窓辺へ向かった。清二さんにもらったプラスチックケースを植木鉢のかげに置く。ケースのふたには空気孔がいくつも開いているし、葉っぱには潤いもあるので、直射日光を避けておけば、しばらくはこのままで大丈夫そうだ。

扉に戻って、フックに『面談中』の札をかけて閉め、中に入ると、女子生徒はソファのひじ掛けに顔を隠すように、うつぶせていた。

「話したくなったら、話してね」

声をかけると、小さくうなずいた。


日向丘中学校の校舎は二つある。本館と別館。どちらも五階建てだが、別館は本館の半分くらいの大きさだ。

カウンセラー室はその別館の一階のいちばん奥にある。古くなった本が置いてある、第二図書室の奥だ。別館の二階から上は、二年生の教室のほか、理科室や美術室などの特別教室になっている。

綾は女子生徒の足元を確かめた。

黄色……一年生だ。

日向丘中学校は、学年によって上履きのつま先部分の色が違い、女子生徒の上履きは黄色だった。今年は一年生が黄色、二年生は赤、三年生は緑。

二、三年生は、遊びがてらこの部屋にやってくることはあるが、一年生が予約もなしにやってくるのは珍しかった。
――遠いからね。

本館に教室がある一年生が来るには、階段をいくつも下りて、渡り廊下を通らなければならない。はるばるやって来ているうちに、相談なんてどうでもよくなってしまうこともあるかもしれない。途中に保健室があるから、そちらを選ぶ子もいるだろう。

――名前もちょっとね。

それに「カウンセラー室」という名前はいかにも大げさだ。

それらのハードルを越えてまで、やってきた女子生徒は、やはり深刻な状況なのかもしれない。

――リラーックス。

自分に言いきかせながら、声をかける。

「気がすむまでいて大丈夫よ。今日は予約が入ってないから」

こくん。

さっきのように首が揺れた。

さて、どうしよう。

次の質問に綾は迷う。原則では、生徒がやってきた場合、担任に連絡することになっている。そうでないと、学校からいなくなってしまったなど、必要のない心配をさせることになるからだ。

けれども、この判断は難しい。生徒によっては、教師を警戒して心を開いてくれなくなってしまう場合がある。綾としても、まずはまっさらな気持ちで生徒たちを迎え入れたい。でも、教師たちと情報を共有しなければ、解決しない問題もある。ジレンマだ。

綾は、女子生徒の足元に視線をやった。

一の一、園田。上履きには、学年と組、名字が書かれていた。

一年一組の担任は木原という家庭科の先生で、前年度担任していた三年生を通じてやりとりがあったので、少なからずコミュニケーションがとれている。綾はやはり質問をすることにした。

「ここへ来るって、先生には言ってきた？」

女子生徒はうつぶせのまま、今度は頭を横に揺らした。

「心配するといけないんで、連絡しておこうと思うんだけど、どうかな。黙っていた方がいいなら、そうするけど」

率直にたずねると、少しだけ顔を浮かせた。

「連絡、してください」

声が少し落ち着いていて、綾も安心した。

フルネームをきき、綾は入口へ向かった。電話は扉の脇の壁に取りつけてある。職員室の内線番号を押す。木原先生がちょうどいたので、生徒の所在を告げた。

「えーと、園田茉莉さん？……ああ、わかりました。お願いします」

短い会話を終えてソファを見やると、茉莉は顔をあげていた。視線は落としているが、もう涙は出ていないようだった。

「ふーっ」

茉莉は大きなため息をついた。というより、ついてみせた。いつもなら本人がしゃべり始めるまでじっと待つことが多いが、きっかけが欲しいような気持ちを感じて、綾はソファに移動した。

相談者の斜め向かいの位置。

ここが定位置だ。

正面よりも少しズレているので、綾にとっても視線が真正面から合わなくて楽だ。

「ここへ来た理由は、人？　それとも物？」

たずねると茉莉は素直に答えた。

「人です」

仲間外れ、それともけんか？　かな。

しかし、茉莉の口から出たのは、しっかりした前向きな言葉だった。

「友達の作り方を教えてください」

茉莉は、テーブルに視線を置いたまま言った。

「友達の作り方、ねえ」

気圧されるようにまっすぐで、かつ難しい問いかけだ。

それだけに、続いた茉莉の言葉とはギャップがあった。

「クッキーやプリンなら、レシピもあるけど」

「え？」

冗談を言っているつもりはないらしい。極めて顔が真面目だ。

「園田さんは、お菓子作りが好きなの？」

たずねると、茉莉はこっくりとうなずいた。

「楽しいよね」

「先生も好きですか？」

「昔はよく作ったよ」

小中学校のころは、お菓子を作るのは、夢のように楽しいことだった。ある程度料理のスキルが身についた甘いもの好きなら、みんなそうではないだろうか。カレーやオムレツよりも、まずクッキーを作りたくなる。計量をしたり粉をふるったりと手順が多く、面倒な作業の連続なのに、胸が躍る。

――今は絶対やらないけどね。

綾は小さく肩をすくめる。

ひとり暮らしを始めてから、綾は初めて料理の手ごわさを知った。

たとえばハンバーグ。涙をふきながら玉ねぎをみじん切りにし、オイルで炒めて冷ましてから、合びきミンチに塩、コショウ、ナツメグなどを合わせてこねる。こねて、こねて、たたいて形を整える。種作りだけでも何工程もあって、下手をすると一時間以上もかかってしまう。しかもふんわり焼き上げるには、技術が必要だ。加減を間違うと、焦げついたり生焼けだったりと大失敗。ポピュラーなおかずでさえこうなのだ。その間に洗いものはたまり、食後も皿洗いが待っている。

「ショートケーキなんかふっくらしたスポンジを焼くのは大変よね」

実家のキッチンに眠っているはずのハンドミキサーを恨めしく思い出すと、

「はい、この間テデシャッシャッシャッてやってみて、腕が痛くなった」

茉莉が不思議な音を発した。

「テデシャッシャシャ？」

きき取れなくてたずねると、茉莉は左手でボウルを持つようにし、右腕を素早く動かした。

〝手でシャシャシャッ〟と言ったらしい。

「ああ、泡立て器でやったのね。それは大変」

お菓子には、魔力があるんだな、と思う。そんな手間をかけてまで作りたいし、話をしただけで、茉莉の表情もほぐれている。

「先生もやったことあるんですか？」

「あるわよ。ああ、私は、みんなから〝綾さん〟って呼ばれているの。だからそう呼んでください」

綾は、首から下げているネームカードを示した。

〝綾さん〟も、日向丘中学校で呼ばれているファーストネームのひとつだった。

茉莉は神妙な面持ちでうなずいたが、また眉尻を下げた。悩みごとを思い出したようだ。

「友達、というか」

茉莉はぽつりと話しはじめた。

「ずっと友達だと思っていた人が、しゃべってくれないんです」

「そうなの」

「小学校四年生のときに友達になって、ずっと仲がよかったのに。この間、話しているうちに急に怒り出して、それからムシばっかり」

茉莉の言い回しは、さっきの幼虫を思い出させたが、ずっと無視をされているということだろう。

「ほかの人から、『茉莉ちゃんにはずっと我慢してたことがあったって言ってたよ』ってききました。さっき」

「そう。それは驚いたね」

「うん。……ショックでした」

その第三者のひとことが引き金になって、茉莉は走ってきたようだった。

本人にしてみれば、「どうして関係のない人からそんなこと言われるの？」とパニックにもなるだろう。悪口を言いふらされたと取ったのかもしれない。

「あーあ。じょうずに作れる友達レシピがあったらいいのに」

茉莉はぎゅっと眉根を寄せていたが、やがて小さく息を吐いた。

「本当は、私にも我慢してることあるんです」

「そうよね」

　一緒にいる時間が長いということは、楽しいことも共有できるが、お互いの嫌な面を見る機会も増えるということだ。

「あなたにも同じくらい我慢していること、あると思うわよ」

　綾が言うと、茉莉の顔はすーっとやわらかくなった。

　綾は、茉莉の訴えの中で、少しひっかかったことをきいてみることにする。

　悩みを抱えた人のする話には、たいていひっかかるところがあって、そこに解決の種が隠れている場合が多い。

「相手の女の子、急に怒り出したって言ったわね」

「そうです。急に。本当に訳わかんない」

　茉莉は顔をしかめた。まったく心当たりがなさそうだ。

　――勘違いかな。

「私にも経験があるんだけど、相手が急に怒り出すときは、勘違いしてるってこともあるよ」

「そうなんですか？」

「私はね、話しかけられたときに、たまたま忙しくて生返事したら、『冷たくされた』って思われたことがあるよ」

「ふーん」

「うん。何の話をしていたのか、教えてもらえるかな。いやだったら、いいんだけど」

茉莉は「いやじゃありません」というようにかぶりをふり、話し始めた。

「ゴールデンウィークに家で一緒にケーキを作ったんです。その写真をＳＮＳに上げようと思って、コウカイしていいかきいていたら急に怒り出したの。『ひどくない？』って」

「コウカイ？」

「うん。コウカイ。アップしていい？　って」

「……なるほど！」

綾はひっかかっていたものが、すっと流れたのを感じた。じつは先ほどから、茉莉のイントネーションがちょっと気になっていたのだ。

「テデシャッシャッシャッ」

「ムシばっかり」

一度きいただけでは、何のことだかわからなかった。

綾はテーブルの上にメモ紙とペンを持ってきた。


〝公開〟

〝後悔〟


並べて書く。

「園田さんは、SNSに公開しようと思ったのね」

〝公開〟を丸で囲みながらきくと、茉莉はあっさりとうなずいた。

「そうです」

「お友達には、後悔にきこえたんだと思うわ」今度は〝後悔〟に丸をつける。

「一緒にお菓子(かし)を作って写真を撮(と)ったことを、茉莉さんが悔(く)やんでるんだと思ったんじゃないかな」

「え？　公開？　後悔？　コウカイ？」

「そうなのよ。この二つは同じ読み方なんだけど意味が違うから、話し言葉では、イントネーションで区別しないと間違うの」

茉莉はメモに目を戻して、二つの漢字を吸いつくように凝視した。しばらくそのまま思案していたが、やがて、「そうだったのかあ」と頭を抱えた。

「よかったあ」

「よかったね」

綾は、ほのぼのとしてしまった。「こんなに可愛らしい悩みをありがとう」と言いたい気持ちにすらなった。

「わかりました」

茉莉はすっきりしたように、すっくと立ち上がった。さっぱりとした顔になっていた。

「ありがとうございました」

律儀なおじぎをしながらお礼の言葉を述べ、扉の方へ行きかけた。が、ふと思い出したように立ち止まり、振り返った。

「先生、じゃなかった、アヤサン」

あいかわらずの不思議なイントネーションで言う。

「この部屋にゴウスケさんが出るって、本当？」

「ゴウスケさん？」

「うん。なんかそんな噂。この学校にはゴーストのゴウスケさんの部屋があるって」

「さあ、どうかな」

綾は首を傾げるにとどめた。

「じゃあ、また来るね」

次の目的は相談か、それとも探究か、茉莉はそう宣言して帰って行った。


その日の放課後、一年一組の担任がカウンセラー室を訪ねてくれた。綾は、茉莉の相談内容は担任に話しても大丈夫だと判断し、簡単に話した。

担任からは茉莉の来歴をきいた。茉莉は中国人の母親と日本人の父親を持ち、小学校三年生まで香港で育ったということだ。イントネーションが独特だったのはそのせいだろう。

綾はひとつ提案をした。

「もし近々調理実習があるようでしたら、園田さんとけんかをしている子を同じ班にしたらどうでしょうか」

お菓子作りが好きな二人なら、調理を通じて仲直りができるかもしれない。すると、担任は顔を明るくした。ちょうどもうすぐ調理実習があるらしい。

*

「アヤサーン。差し入れでーす」

一週間後、茉莉が昼休みにカウンセラー室を訪ねてくれた。かたわらには女子生徒も一緒だ。きっと仲たがいした友達だろう。眼鏡をかけた真面目そうな子だ。

「あら、クッキー？」

ビニール袋の中には、絞りだしのクッキーがいくつか見えた。

「そう、さっき調理実習で作ったの、ね」

嬉しくてたまらないというように茉莉が友達を見やると、友達も照れたような笑顔を浮かべた。茉莉とはタイプが違うけれど、気が合うのだろう。人の相性って、不思議だな。

「いただきます」

クッキーを口にいれる。甘さとともにさくさくとくずれ、シナモンとバターの風味がふんわりと広がった。

2

自分の居場所

おれは、階段をゆっくりと下りていた。足が重たい。気乗りがしない場所に行くせいだ。

カウンセラー室。

同じ校舎の一階にあるので、存在くらいは知っていたがあまり興味はなかった。

というか、おれには関係がないと思っていた。

なぜならカウンセラー室は「常連さん」の部屋だからだ。たまには深刻な相談をしに行く生徒もいるかもしれないけど、だいたいは軽いノリで遊びに行く生徒でにぎわっている。

前に見たときもそうだった。

家に帰ろうと階段を下りると、廊下の奥から笑い声がきこえてきた。なんだろうと足を伸ばし、そっとのぞいてみると、女子と男子の数人のグループが楽しそうに話をしていた。おれと同じ二年三組のやつらもいた。

するとおかっぱ頭の見知らぬ人がおれの視線に気がついて、「どうぞ」というように笑いかけた。

すくんだようになっていると、ひとりの男子が振り向いた。教室にいる顔だった。

「あれ？　ぬりかべじゃね？」

そいつは言って、おれは逃げるようにその場から離れた。

ぬりかべ。

一部の生徒から、おれはそう呼ばれている。

名字が日下部だからだけではない。太っているおれを、行く手を阻む邪魔っけな妖怪にたとえているのだ。

それ以来、カウンセラー室には興味をなくした。

ほかの人が楽しいところに自分の居場所なんかない。

教室と同じように。

そんなふうに思っていたおれがあの部屋に行くことになったのは、先週のことだった。

久しぶりに学校へ行ったら、担任の先生に、

「一緒に相談に行こう！」と連れて行かれたのだ。

担任の明智（あけち）先生は、三十代前半の男の先生だ。保健体育の教師で、声がでかく、ぐいぐい前に来る。カウンセラー室でもひとりでしゃべっていた。

「きみをここに連れてきたのはほかでもない。教室では自分を出せていないような気がしたからなんだ」

神妙（しんみょう）な顔をして言ったかと思うと、テンションを戻（もど）した。

「ここでは遠慮（えんりょ）しなくていいんだぞ！」

「この人は、先生じゃなくてカウンセラーさんだから、先生たちの悪口を言ってもいいぞ！」

「秘密にして欲しいことはそう言ったら、外にはもれないから安心しろな！」

うざい。

溌剌としたとした語り口をききながら、おれはしらじらとした気分になっていた。

しきりにアドバイスするわりには、一度も名前を呼ばれなかったことに気づいていたのだ。

この教師は、おれの名前もカウンセラーの名前も知らないんじゃないだろうか。

「何でも話せよ。では、よろしくお願いします！」

担任は一礼して帰って行ったが、おれは自分からはしゃべらなかった。

話したいことなんかないのだ。

カウンセラーさんも、積極的に話しかけてくることはなかった。ただ、「日下部泰人くんですね」と名前を確かめ、「一度来てくれたよね」とは言った。

おれはちょっとはっとした。

あのときの。

前に部屋の中から「どうぞ」と笑いかけたおかっぱ頭の人だと思い出した。あのときは三年生かと思ったけど、よく考えたら私服だったっけ、と記憶をたどってうなずいた。

するとおかっぱ頭のカウンセラーさんは、首からかけているネームプレートを持ち上げてこう言った。

「谷川綾といいます。みんなからは〝綾さん〟って呼ばれています」

ゆっくり下りていた階段を下り切って、おれは足を止めた。

とりたてて話すこともないのに、再びカウンセラー室に向かっているのは、またも明智やめようかな。

先生に言われたからだ。

「今日もカウンセラー室に行ってみなさい！　少なくとも二度は行くルールになっているから」

そんなルール、知らねえよ。

言いたかったが、同時にひやっともした。

ばれたのか。

思わず上着のポケットを握りしめた指が、硬いものに触れた。その手触りでみぞおちがぎゅっと縮み、それを隠すためにうなずいてしまったのだった。

でも、やっぱやめよう。

廊下を進まずに、このまま家に帰ろうと思いなおす。手ぶらだけど、鍵ならポケットにある。行かなかったことをとがめられたら、適当なことを言ってごまかせばいい。

「急に腹が痛くなって」とか、「行ったけど誰もいませんでした」とか。

でも、急ぎかけた足がまた止まった。

ガチャン、ガッ、ガッ。

廊下の奥から音がきこえてきたからだ。金属同士がぶつかるような音。何かの作業をしているらしい。奥に目をやると、人の姿があった。

清二さんだ。

カウンセラー室の前で、用務員の清二さんが座り込んで作業をしている。

カンカンカンッ。トトン。

おれは音につられて足先の角度を変え、カウンセラー室の方へ進んだ。

「こんにちは。どうぞ」

部屋の前まで行くと、中から声がかかった。綾さんだ。

その声には応じずに清二さんのそばに立った。

気づいた清二さんが、顔を上げた。

「こんにちは」

「……」

低い声の挨拶に目礼を返すと、清二さんは再び作業に戻った。

その手元をおれはじっと見つめる。

「どうしたの？」

出てきた綾さんから、怪訝そうに質問されたが、答えなかった。

清二さんの作業が見たいだけだ。


大工仕事は昔から好きだった。小学生のころ、テレビで家を造る大工の仕事を追ったドキュメンタリーを見たのがきっかけだ。あのときの衝撃は忘れない。画面にくぎづけになってしまった。現代の匠と称される人の仕事だった。

匠は用途に合わせて、のこぎりやノミなどの道具を使いわけながら木材を切っていた。次々にできる部品の切り口が見事なことは、子どもの目にもわかった。音もよかった。リズムよく響く金づちの音をきいていると、力がむくむくと湧いてくるようだった。

けれどもいちばんすごかったのは、切った木材同士が重なった瞬間だ。形の違う木材の凹凸が、まるで磁石かパズルみたいに、ピタッと組み合わさったときは、胸がすっきりした。

ピタッ。ピタッ。ピタッ。

すっきり。すっきり。すっきり。

晴れ晴れとした気分になっているうちに、立派な家の骨組みができた。

清二さんの道具箱を見てみる。テレビ番組の匠の道具ほどの種類はないが、手入れが行き届いていて、きちんと整理されている。千枚通しや小刀が輝いて見えた。

あの匠も言ってたな。

清二さんの道具を見ながら、匠の「道具を大切にする弟子は伸びる」という言葉を思い出した。

「大工仕事に興味があるのかい？」

ふいに清二さんの声がして、おれは我に返った。

「あ、はい」

「へえ」

答えると、びっくりしたような声が右の方から返ってきた。綾さんだ。いつからここにいたのか、いや、どうしてびっくりしているのだろう。

「日下部くんって大工仕事が好きなの？」

一度答えたのに、綾さんは同じ質問をした。何かを探(さぐ)られているような気もして、思わず両手で制服の上着の裾(すそ)あたりを握(にぎ)ってしまう。右ポケット、左ポケット。両方に、形の違(ちが)うものが入っている。右は家の鍵(かぎ)。そして……。

左のポケットの感触(かんしょく)に背中がひやっとした。汗(あせ)が流れたのかもしれない。思わず目を伏(ふ)せると、綾さんがやたらと明るい声を出した。

「清二さん、ここで見ていていいですか」

「かまいませんよ」

「じゃあ私も見ようっと」

綾さんはそばに立った。

げっ。

押し寄せる圧を感じて、おれは綾さんを視界に入れない場所にズレた。

そこで清二さんの作業に集中することにする。

ギギギッ。カタン、カン。

音を響かせて、清二さんは手をせっせと動かしていた。ドライバーで扉の下についた戸車を外して、きれいに拭いて油を差し、装着部分のゴミを取っている。

「急に扉が開かなくなっちゃって、さっき清二さんに来てもらったの」

清二さんは戸車の交換をしているようだった。新しい車輪をとりつけると、ねじを締めた。そして金づちで、戸車の周辺を軽く叩いた。

トントントン。

小気味のいい音がはねる。おれの心も落ち着いてきた。でも、綾さんはなぜだか少し重たい声を発した。

「清二さん、昔からこういうことがお好きだったんですか」

「そうですね。小さいころから勉強よりも作業の方が好きでした」

「そう、なんだ」

楽しげに答える清二さんに、綾さんはやはりどこかが釈然（しゃくぜん）としないように言い、同じトーンのまま質問の相手を変えた。

「日下部くん、面白い？」

顔をのぞきこまれて、おれはまたぎくっとした。

やっぱり何かを探（さぐ）っているのか。

綾さんの視線には、おれにとって不都合なものが隠（かく）れているような気がした。

おれはもうポケットを握（にぎ）ることもできなかった。握りこんだ空の両手に汗（あせ）がにじむ。呼吸が乱れそうになったが、それを救ってくれたのは、規則正しい音だった。

ギギギッ。トントントン。

カシャン、トントントントン。

調子よく鳴る音が、呼吸のリズムを整えてくれ、おれは再び作業に集中できた。

清二さんは本当に楽しそうだった。いそいそと道具を持ちかえて、叩いたり、ねじったりして作業を進めていく。

ドンドン、トン。

キュッキュッ、ギュッ。

音の違いは力を加減しているせいだ。同じ叩く、ねじる、という行為でも、作業によって程合いが変わるから音も変わる。

〝ゆがみをなくしたあとは、軽く整える〟

〝最後は強くねじりこむ〟

おれは耳をすまし、音が教えてくれる作業の説明をきいた。

「取りつけてみましょう」

作業は一応終わったらしく、清二さんは金づちを置き、扉を持ち上げた。おれはさっと手を伸ばした。手伝わなければという判断よりも先に体が動いた。

「ああ、ありがとう」

「日下部くん、すごいわね！」

綾さんが声を上げたのは、清二さんがお礼を言ったのとほぼ同時だった。なんのことかと思ったが、

「自分から気がついて手伝うなんて、すごい」

と続いた。

「……いや、べつに」

「すごいよ。中学生にはなかなかできないことよ」

謙遜したわけではないのに、さらに褒められておれは眉間にしわを寄せた。嬉しいような、ばかにされたような気にもなって、脳みそがもやもやした。クモの巣でもはったみたいだ。

「よし、ありがとう」

あとはいいぞ、というように清二さんが手に力を入れたので、そのまま託すと、清二さんはひとりで扉を枠にはめ込んだ。一、二度スライドさせる。

スーッ、スーッ。

かすかな音とともに、ドアは滞りなく滑らかに動いた。

背中がすっと伸びた。

頭の中のクモの巣が、風できれいさっぱり吹きとんだみたいだった。

次の瞬間、

返そう。

ふと決心が湧いた。なぜだかは自分でもわからない。でも、そうした方がいいような気がした。

綾さんは、廊下でなにやら清二さんとしゃべっていた。「餌」とか「アブラムシ」とか声がきこえる。

よし。今のうちだ。

このタイミングだと決めて、おれはポケットに手を入れた。

綾さんが完全に視界から消えた隙に、おれはすばやく部屋の中に入った。事務机に向かう。机の上には、長方形のクッキーの空き箱があって、そこに文房具が入れてあった。ペン、定規、糊、ハサミ……。

左ポケットの中の硬いものを取り出す。カッターナイフ。それをあるべき場所に戻す。

そして急いでソファに座った。と、ほぼ同時に綾さんが帰って来た。

セーフ。

綾さんは窓辺に直行し、なにやら始めた。

その様子を体をひねって見ていると、綾さんが振り返り、あわてておれは座り直した。

「日下部くんが大工仕事に興味があるとは知らなかったな」

にこにこしながら、綾さんは向かいのソファに座った。おれはそっと視線を外した。

「い、家の棚とか、作ったことあります」

小声で言うと、綾さんは目を丸めた。

「へえ、すごいね。板も自分で切るの？　それを金づちで打ちつけるんだよね。釘で」

「そういうのじゃなくて、スライド式の金具をネジ釘で壁に固定して、好きな位置に板を載せるやつだけど」

「そんなのがあるの？」

「いろいろありますよ。釘は使わないで強力テープでくっつけるタイプもあるし、板もいろんな材質がある。ラワン材とか軽金属とか、人工石もあるし、段ボールでできたやつもある。ホームセンターにいっぱいある」
おれはどんどんしゃべった。胸のざわめきを隠すためだった。

先週この部屋に来たとき、おれは綾さんが明智先生を見送って廊下に出た隙に、カッターナイフを失敬した。事務机の上に置きっぱなしになっていたのだ。ほかの文房具は箱の中に入っていたのに、カッターナイフだけが机の上にあったのが、部屋に入ったときから気になっていた。

別に盗む気なんかなかった。でも、つい触ったらそのまま握ってしまった。そしたらなぜか気持ちがすーっとおさまった。こんなところに連れて来て、言いたいことだけ言って、押しつけるように置き去りにした担任に対するむしゃくしゃした気持ちが。

そのかわりか胸がどきどきし始めたので、ごまかすために、どうでもいい話をして、逃げるように部屋を出た。カッターナイフは、それからずっと左のポケットに入れっぱなしだった。日を追うごとに、ポケットはずんずん重たくなっていた。今日、ここへ来るように言われて素直にうなずいたのは、左ポケットを軽くしたかったからだ。

ＤＩＹについてしゃべっているうちに、ざわついていた胸が収まってきた。趣味の話が楽しかったこともあるが、カッターナイフを戻すことができて安心したのだと思う。だが体の力を抜いてソファに座りなおしたときだった。

「あっ！」

綾さんが大声をあげた。

「え？」

やばっ。

おれは体を硬直させた。

カッターナイフに気づいたか。

もしかしたら、綾さんはカッターナイフを探していたのかもしれない。そして今、なかったはずのナイフを発見し、同時に悟った。犯人は、その両方の時間にいた人物だ。つまりおれ。

どうやってごまかそう。

おれは素早く頭を動かした。

そうだ。

突然この部屋にまつわる噂話をひとつ思い出した。みんなの願いをきいてくれるという人のこと。どうしてこんな記憶が飛び出したのか不思議だけど、とにかくこれだ。

あの人の名前を呼んでごまかそう。

「あ、ゴウス……」

だが、名前を呼びきる前に綾さんは事務机とは違う方向にすっ飛んで行った。

「芋虫がいないっ」

窓辺で叫ぶ。

「は？　芋虫？」

「そう。前に清二さんが持ってきてくれて、ここで育てていたの」

プラスチックの透明ケースを持ち上げた。

「ふたが開いてる。ああ、さっき、開けたままにしたんだ。清二さんを送ったとき」

「ああ、あのとき」

綾さんは「餌」とか「アブラムシ」などと言いながらばたついていたっけ。自分も同じくらい焦(あせ)っていたが。

「えー、どこに行っちゃったんだろう」

綾さんがあちこちを探(さが)し始めて、おれはソファから立ち上がった。

「日下部くんも探してくれるの？」

綾さんは期待に満ちた顔をしたが、おれにその気はなかった。そんな危険なことはできない。探しているうちにカッターナイフを発見されたら困る。

「帰ります」

「え、ああ。そう」

綾さんは顔をしぼませたものの、

「もしよかったら、また来週会えるかな」

と続けた。

「……」

おれはちょっと考えつつ、目をそらした。視線の先をじっと見る。

この部屋にはもうひとつ、気になるものがあった。それがカッターナイフよりもずっと気になっていたのだ。

ロッキングチェアー。

つややかな木製の椅子を見ながら、おれはゆっくりとうなずいた。

*

「いないなあ」

泰人が帰ってしまってから、綾はしばらくひとりで芋虫探しをした。

植木鉢のかげ、水槽と壁の隙間、カーテンの裏側……。動きの遅そうな芋虫は、すぐに見つかると思ったが、どこにもいない。

ちょっと距離のあるソファの下までのぞきこみ、次に自分の机の上を見たときだった。

あれ？

綾の視線は文房具入れで止まった。

「カッターナイフだ」

思わず声をあげてしまったのは、久しぶりに見たからだった。

明るいカウンセラー室にするために、綾は色画用紙や折り紙で部屋を飾ることがある。そのためにマジックや色鉛筆、ハサミ、カッターナイフなどの文房具を机の上の箱に入れているのだが、一週間ほど前、その中のカッターナイフをなくしてしまった。なのに、突如現れている。

思い違いだったかな？

首をかしげて、机の中からスマホを取り出した。いつもの相手にたずねてみることにする。

前に芋虫の写真を送ったときも、虫の正体と、アブラムシを食べるということを教えてくれた。


〝芋虫が消えて、カッターナイフが現れたんだけどどうしてかな？〟

我ながら、支離滅裂な質問だ。

けれども答えは返ってきた。その日の夜のことだった。

一行だけ。

〝芋虫もカッターナイフも、自分の居場所を見つけたのでは？〟

3

ハルジオンとヒメジオン

今日の放課後は寄るところがあった。その前に、私は洗面所で身だしなみを整えることにした。鏡をのぞき込み入念にチェック。カットした眉毛の具合を確かめ、今日のために買った淡いピンクのリップを塗り直す。今朝、アイロンでカールさせてきた髪は、毛先がすっかりのびちゃってたので、内向きにブラシを入れた。最後に制服のスカートが膝上十センチであることを確かめてから、名札を外す。

「カンペキだね」

鏡の中の自分に笑いかける。

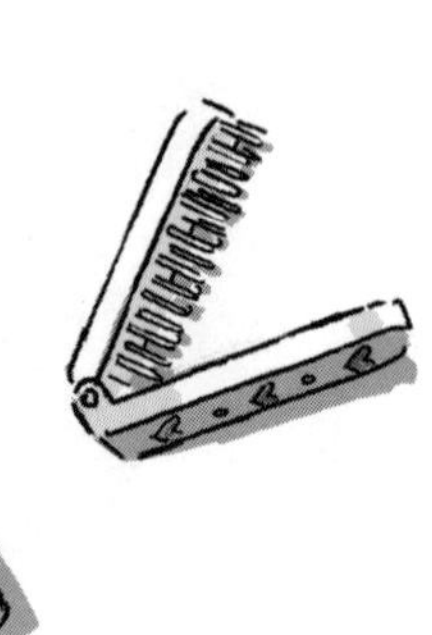

洗面所を出て、階段を下りる。寄るのは一階にあるカウンセラー室だ。

カウンセラーの綾さんという人に会いに行くのだ。

噂によると綾さんは、なかなか鋭い人らしい。

カウンセラー室の扉は、半分くらい開いていた。中を見ると、部屋の隅にある事務机で仕事をしていた人が顔を上げた。

ショートボブで可愛らしい感じの人。

ちらっとのぞいただけで気がつくとは、確かに鋭い。

私は気を引き締めた。

「ここって、今大丈夫ですか？」

そうきくと、綾さんは立ち上がって、「はい。大丈夫ですよ」と、招き入れるように腕を動かした。

「しつれーしまーす」

私が扉を開けて中に入ると、逆に綾さんは外に出て、『面談中』のプレートをかけて扉を閉めた。

部屋は普通の教室と同じくらいの広さだけど、教室よりも明るい気がした。相談する部屋だから、小さくて薄暗(うすぐら)い所だと勝手に想像していたから、ちょっと意外。カーテンの色もさわやかだし、窓際(まどぎわ)には植木鉢(ばち)、棚(たな)には金魚鉢やなんかも置いてある。きょろきょろしているうちに、はっとした。

あれはもしかして。

私は思わず部屋の中央に直進した。ソファのかげに木でできた椅子(いす)が見えたのだ。どっしりしていて背もたれが傾(かたむ)いている。もしかしたら、と思ったらやっぱりそうだった。

「あ、ロッキングチェアーだ」

声をあげてしまった。映画やアニメなんかでは見たことがあるけれど、実物は初めて。

「おっしゃれー！」

「座ってもいいわよ」

「本当？」

私はさっそく座ってみた。見た目通りずっしりとしていて硬(かた)い椅子だ。足をあげて弾(はず)みをつける。ギギギッとかすかな音がして、小さく揺れた。

ゆらゆらゆうら。

案外地味。

ブランコの方がずっと切れがあるけれど、身を任せているとなんか癒(いや)される。

ゆらゆらゆうら。

あ、やばい。眠(ねむ)くなってきた。

「そのまま、ききましょうか」

「いえ、いいです」

眠るわけにはいかない。

私は椅子から降りてソファに座りなおした。綾さんは向かいのソファに座った。少しズレた位置。

「あの……ちょっと相談があって」

私は言った。

「はい」

綾さんからは、平坦(へいたん)な返事が返ってきた。

「えーっと、お母さんのことなんですけど」

「はい」

次は何を言おう。

カウンセラーさんって、根掘り葉掘り質問をする人かと思っていたのに、こちらに丸ごとゆだねられた感じになって、ちょっと困った。

「えーっと」

考えて、絞り出す。

「えっと、あの、うちのお母さん、厳しくて。厳しいっていうより口うるさいっていうかなんていうか」

相談しているというよりも、言い訳しているようで焦っていると、やっと綾さんから質問がきた。

「クラスと名前を教えてくれる？」

「あ、はい。えっと」

私は自分を落ち着かせるためにも、ゆっくりと答えた。

「二年、二組の浅川、さらです」

「二年二組の浅川さらさんね」

「そうです、そうです」

念を押されて、念入りにうなずき、気持ちを切り替えて、相談をすることにする。

「こほん。たぶんお母さんは私のことをよくわかってないと思うんです。仕事が忙しいし、きょうだいも多いから。あ、私にはお姉ちゃんとお兄ちゃんと妹がいるんですけどね」

「四人きょうだいね」

「はい。それでお父さんはエンジニアだったんですけど、去年自分で会社を立ち上げて、お母さんはそれを手伝っています」

「それは忙しいでしょうね」

「はい。忙しそう。だからきっと、私たちのことはよくわからないんだろうなって。まあ、わかってもらおうとも思ってないんですけどね。逆にそっちの方が気楽かも」

言いながら、だんだん辛くなってきた。こんなどうでもいい話、きいている方もつまらないだろうと思う。

それでも綾さんは、律儀にあいづちを打ってくれる。

「へえ」

「そう」

「そうなのね」

しばらく話しているうちに罪悪感が湧いてきた。なんとなく怖くなったというべきかも。

「帰ります」

私が立ち上がると、綾さんはぽかんとしたように目を見開いて、「いいの？」ときいた。

「まだ十分も経ってないけど」

「はい、ありがとうございました」

「いいえ、どういたしまして」

綾さんもつられたように立ち上がる。

「じゃ、次の予約をお願いします」

そう言うと、綾さんはぎゅっと眉根を寄せた。

「え？　予約？」

「だってここ、本当は予約制だよね」

「それはそうだけど……。扉に『面談中』の札が出ていないときは、いつでも遊びに来ていいのよ」

綾さんは小首をかしげた。

「うーん」

私も綾さんと同じ方向に首をひねった。鏡を見るように同じ角度だ。

「でもそれだと、ほかに人がいるかもしれないし、やっぱり予約をお願いします」

「……そう。わかりました」

そこまで言うなら、というような感じで綾さんが予約を入れてくれ、私はカウンセラー室を後にした。

*

いったい、何だったのかな。

さらが帰った後、綾はしばし考えた。

さして相談もないようなのに、次の予約を入れて行くなんて。

もしかして、探っていることでもあるのかな？

綾はふと、ひとつの可能性を思いついた。

ゴウスケさんかな？

日向丘中学校には、校舎のあちこちに気配だけの人が出るという噂がある。いつのころからか、その気配にはゴウスケさんという名前がついていた。


今朝、養護の吉永先生ともその話になったところだった。先日、市内のほかの学校で、複数の生徒が救急車で運ばれた。原因は、熱中症でも食中毒でもなく、集団催眠だった。

「こっくりさん」遊びをしていて、数人が失神したり頭痛を起こしたりし、それを見ていただけの生徒たちまで、気分の悪さを訴えたのだ。

「日向丘中学校でも妙な噂にとらわれて、パニックを起こす子が出るかもしれないですから、注意しましょう」

吉永先生は心配そうに言った。

「ゴウスケさんのことですか」

綾が確かめると、吉永先生は釘を刺すような声を出した。

「谷川先生がそれを言ってはいけません」

「どれ？　ですか」

綾はきょとんとしたが、吉永先生は戒めるような顔になった。

「名前を言ってしまったら、存在を認めることになりますよ」

ヴォルデモートか。

魔法学校へ通う生徒たちの物語を思い出して、こっそり思う。

確かに思春期の子たちは不安定だ。それを知る大人が、異界の入口にタブーをかけるのは当然だ。

でも、タブーは冒したくなっちゃうのよね。

それに不思議なことが心を支えることもある。

ファンタジーが、噴き出すリアルの毒を浄化してくれることだってあるのだ。

第一、ゴウスケさんは悪くないし。

綾はそう言いたかったのだが、言葉にするのは自重して、吉永先生とのミーティングを終えてきたのだった。

だから、さらもゴウスケさんを探しにきたのかな、と考えてみたが、それにしては何かを探っている様子はなく、それらしいことも一切言わなかった。

女子トークがしたかっただけかな。

落ち着かない気分のときに、誰かにじっくりと話をきいてもらうことは心地いい。なんの解決策が出なくても、それだけで心は軽くなるものだ。女子の場合は特にその傾向が強いと思う。

ゆるゆるとした世間話が楽しいんだよね。

ひとまずそう結論づけながら、けれども、さらとの個人面談はあと一度だけにしようと思った。次の面談で問題がないと判断すれば、その後の予約は断ろう。いくら気軽な相談場所を作りたいとはいえ、本当にこの部屋を必要としている生徒が利用できなくなっては困る。

＊

今日は予約の日だ。月曜日の放課後、私はまず洗面所で全身をチェックした。

髪先カールＯＫ。眉毛ＯＫ。スカート丈ＯＫ。全身を入念に確かめて、買ったばかりのリップを塗り直し、鏡をのぞきこむ。笑顔をつくる。

「カンペキだね」

つぶやいて胸元の名札を外した。

万事身支度を整えて階段を下り、廊下の奥のカウンセラー室へ向かう。

「こんにちは」

少し空いていた扉から顔をのぞかせると、

「はい、さらさん。こんにちは」

綾さんがこちらを向いて返事をした。ショートボブの可愛らしいお姉さん。

「しつれーしまーす」

言いながら私は部屋に入った。ソファ、事務机、そしてロッキングチェアー。点検するように部屋の中を見渡していたら、目に飛び込んできたものがあった。

「わあ、金魚だ。あ、メダカも」

思わず声をあげてしまった。部屋のうしろの棚の上に、金魚鉢が並べてあり、金魚とメダカが泳いでいた。

ひらひらひら、きらきらきら。

一方で赤いフリルが揺れて、もう一方では半透明のビーズが光っているみたいで、なんか癒される。

「生きもの好きなの、ね」

「うん、好き。これ、綾さんの？」

「卒業生と転校した子が置いて行ったの」

水槽の横には、プリン型のプラスチックケースがひとつ置いてあった。のぞき込んでみてうしろを振り返る。

「これはなに？」

たずねたのは、そこにはなんにも入っていなかったからだ。

「ああそれね」

綾さんは少し笑って続けた。

「中で芋虫を飼ってたんだけど、逃げちゃっ」

「ぎゃあっ」

全部をきかず、私は飛び上がってしまった。

「ってことは、この辺にうろうろしてるってこと？」

「うーん。そうかも。でも、生きもの好きなんじゃないの？」

「芋虫は無理ー」

私は全力で首を振った。

芋虫なんて、想像しただけで寒気がしたが、綾さんは平気そうな顔だった。

「そうなのね。でも大丈夫だと思うわよ。逃げて行ったのは二週間くらい前だから。毎日掃除をするけど見当たらないし、もう外に逃げちゃったかも」

「本当に？」

私は慎重に辺りを見回した。

とはいえ、見つけてしまったら、それはそれで恐怖だけど。

「話、します？」

「う、はい」

私は気を取り直してソファに座った。綾さんは、はす向かいに座った。

相談をしなきゃ。

「お母さんのことなんですけど」

「はい。先週の続きね」

「そうです、そうです」

私は動揺を抑えつつ、話を始めた。

綾さんは、本当にきき上手な人だ。

私が何か言うたびに、必ずあいづちを打ってくれる。

「へえ」

「そう」

「うん」

「そうなのね」

ちょっと怖い人かもと思っていたが、やっぱり話しやすい。

さすがはカウンセラーだなあ。

お母さんのことだけを話そうとしていたのに、私はどんどんしゃべってしまった。

苦手教科のこと、住んでいるマンションの話、はまっているＳＮＳのこと、などなど。

話はズレたり、戻ったりしたけれど、それはそれで楽しかった。綾さんにきいてもらうのは心地よかった。

でも、だんだん調子がおかしくなってきた。綾さんはあいかわらずあいづちを打ってくれているんだけど、なぜか話しづらくなったのだ。妙な圧を感じる。

しばらくして原因がわかった。視線。さっきまで私の顎あたりにあった綾さんの目と、私の目がぶつかることが多くなっている。つまり、綾さんは私の目をじっと見ている。

丸いような鋭い視線。

そらすことのない視線に、何かを探られているような気分になって、私の胸はざわざわし始めた。

「管理人のおじさんの話がめっちゃおもしろくて……」

私は言葉を切った。目を伏せる。

「……どうしたの？」

綾さんは、ちょっと間を置いてそうきいた。

「どうも、してません」

小声で答える。

「じゃあ話を続けて。管理人さんがどうしたんだっけ？」

「う、うん。管理人のお兄さんが教えてくれた……、もういいです」

まずいかも。

私は立ち上がった。

「じゃ、私帰ります」

「え、もういいの？」

「はい。いいです、いいです。ありがとうございました」

そそくさと部屋から出て行こうとして、ぎくりとした。綾さんに呼びとめられたのだ。

「さらさん」

「あ、はい」

一瞬戸惑ったけど、すぐに振り返る。

「予約をして行ってもらえる？」

「え？」

「そうね。あと二回分。ね、さらさん」

綾さんは言った。

「……わかりました」

答えた私の声は、かすれていた。

＊

さらとの面談後、綾は記録を書いた。

やりとりの内容をざっと書き、最後にこうつけ加える。

〝あと二回面談のこと〟

今日のさらとの面談で、綾はちょっとした違和感(いわかん)を抱(いだ)いた。これを払拭(ふっしょく)するには、少なくともあと二回くらいは面談が必要だと判断した。何か問題をはらんでいるかもしれない。

考えながら職員玄関(げんかん)を出て、校門に向かったところで綾は立ち止まった。清二(せいじ)さんがいたのだ。校門の脇に生えている雑草を抜(ぬ)いていた。

「お疲(つか)れさまです」

「ああ、お疲れさまです」

綾を認めると、清二さんは腰(こし)を上げた。

「そろそろ雑草が多くなりますね」

綾は言いながら、思わず顔をほころばせた。清二さんが草抜きをした後には、白い花が残っている。この花も雑草なのにと、ほほえましい気持ちになった。

「ハルジオンですね」

綾が言うと、清二は軽く首を振(ふ)った。

「ヒメジオンです」

「ヒメジオン？」

「ええ。よく似ているけど違うんですよ」

「べつべつの花なんですか？」

「ええ。ちょっとした違いがあるんです。調べてみるといいですよ」

「……そうなんだ。わかりました」

綾は持っていたカバンからスマホを取り出して、花の写真を撮った。


〝ハルジオンだと思ったら、ヒメジオンだそうです。

二つの花がどう違うか知っている？〟


いつもの相手に質問を送った。

＊

ちょっとまずい展開になった。

次は二人で行こうと思っていたカウンセラー室に、またひとりで行かなくてはいけなくなったのだ。綾さんからの、ご指名。

三日後の放課後、予約通りに私は、カウンセラー室に行った。一緒に行くはずだったもうひとりには、廊下で待っていてもらう。

だって、呼ばれたのはひとりだから。

前回より緊張していた。おそるおそる扉の中をのぞく。

「こんにちは～」

「こんにちは」

挨拶をすると、綾さんは落ち着いた声で答え、「どうぞ」と、招き入れるようにしたので、ソファに座った。すると、綾さんは神妙な顔をして言った。

「あの、びっくりしないできいて欲しいんだけど」

「はい」

なんだろう。バレちゃったかな？　私は全身に力を入れて耳を澄ました。

「ずいぶん前にケースから芋虫が逃げたんだけどね。さっきその辺にいたわ」

「え、ああ」

力が抜けた。芋虫くらいで大げさな。

けれども本当に私の度肝を抜いたのは、次の一言だった。

綾さんは口の端を緩めながらこう言ったのだ。

「あなた方、ふたごね」

「あわわ……」

私が目をパチクリさせると、さらに意味不明の質問が続いた。

「ひとつ確かめたいんだけどいいかしら。あなたたちの住んでいるマンションの管理人さんって、男の人？」

「ううん。おばさんだよ」

早口の綾さんに向かって、私も早口で答えた。

質問の意図はわからないけれど、やばいのは確か。

私は廊下に向かって助けを呼んだ。一緒に来るはずだった人の名前を。

「ゆらちゃーん」

*

「こういうこと、いつもやってるの？」

二人の顔を交互に見ながら綾はたずねた。本当にそっくりだ。

「うん」

「ふたごあるあるだよね」

綾の目の前で、同じ顔が顔を見合わせた。横から見ると、鏡に向かい合わせているようだった。

浅川さらは一卵性のふたごである。

二度目の面談のあと、綾はひとつの仮説を立ててみた。教師にたずねればすぐにわかることであったが、綾はあえてきかなかった。そして今日やってきたさらを、芋虫で確かめてみたのだ。二度目にやってきたさらは、芋虫を本気で怖がっていたからだ。

「二年二組、浅川さらです」

「二年五組、浅川ゆらです」

「最初に来たさらが姉で」

「二回目に来たゆらが妹」

同じ声で自己紹介をしてくれた。

「本当によく似てるわね」

綾はこれまで、数組の一卵性双生児に会ったことがあるが、二人には必ず相違点があった。ほくろの位置とか、眉毛の形とか。細部に違いがない場合も、なんとなく雰囲気が違っているものだ。

だが浅川姉妹は見事な相似形だった。

どこもかしこも見わけがつかない。顔だけでなく、体つきもそっくりだ。

まじまじと二人を見比べて感心する綾だったが、さらとゆらも感心してみせた。

「うちらのことを見破るなんてすごいよ」

「初めてだよ」

「ね」

「ねー」

同じ声で二人は言った。

「絶対ばれないように、事前にビジュアルチェックしたのに」

「リップも同じのを買ってね」

「クラスが違うから、名札も外したし」

「確かに、見た目だけだとだまされてたわね」

「じゃあ、どうして見抜いたの？」

「さらから、ロッキングチェアーを珍しがっちゃダメって言われてたから、椅子はスルーしたのに」

二人の間では、二度目を装うための注意が伝達されていたらしいが、綾が着目した点は違うところにあった。

「さらさんは生きものに興味がなくて、虫は平気。ゆらさんは、生きもの好きだけど虫は苦手」

「あっ」

「そこかあ」

「ちっ」

「ぷう」

ひとりが下を向いて舌をうち、ひとりが上を向いてほっぺたをふくらませた。

まるでハルジオンとヒメジオンね。

綾は、宿題の答えを思い出して、笑いたいのをこらえた。

〝ハルジオンとヒメジョオン（正しくはこうだよ）はつぼみが違う。下を向いているのがハルジオン、上を向いているのがヒメジョオン〟

二つの花の違いは、メールの相手が教えてくれていた。

「ちょっとききたいことがあるんだけど。だまそうとした罪滅ぼし、ってことで、いいかな？」

綾は思い切ってたずねてみることにした。

この二人となら、自分の気持ちも重たくならずにすみそうな予感がしたのだ。

「綾さんにはなんでも教えてあげるよ」

「どうせお見通しなんだからね」

頼もしいばかりの許諾をもらい、質問を始める。

「この学校の不思議なもののことなんだけど」

「ゴウスケさんね」

「知ってるよ」

遠回しな言い方をしたのに、二人は一様にうなずいた。すごい浸透力だと思う一方、これは本当に気をつけなければいけないと思う。

綾は背中を伸ばし、気持ちを引き締めた。

「ジョニーズの杉シュン似なんだよね」

「ピアニストの越本さんっていう説もあるよ」

「朝練の子が朝の六時ごろ会ったんだって」

「私は、ＰＴＡのおばさんが午後八時過ぎに見たってきいた」

「おばさんやるね。いいね！　千超え？」

「うん。息子の人助け動画で」

「えー、やらせじゃん」

冷静にきいていた綾だが、このくだりは意味がわからず、質問をさしはさんだ。

「動画？　いいね？」

「うん。ゴウスケさんは、ＳＮＳのいいね！　が千を超えたら出てきてくれるの」

「だからハッピーな動画とかあげた方がいいんだよね」

「私たちのころより、だいぶバージョンアップされているわね」

綾が言うと、二人は同時に目をぱちくりさせた。

「え？　ていうことは、綾さんもヒナ中？」

「センパイ？　まじで？」

綾はゆっくりうなずいた。

「まじです」


日向丘中学校に、目に見えない友達がいるという噂は、綾が在籍しているころからあった。遅い部活帰りの生徒や、休日出勤の先生が遭遇しているらしいと。祈りを捧げて呼び出せば、ゴウスケさんはあらわれて、みんなの願いをきいてくれるらしいとも。

優しい、優しいゴウスケさん。

けれどもここは、常識的な指導をしておくべきだと判断する。

「そういうものは、不思議を求める心が作り出すんだと私は思うよ。生きているうちには、思いもよらない出来事があるでしょう。想像もできないような、自分の力をはるかに超えたようなこと。理解できないことを人間たちは想像力で補って納得してきたんじゃないかな。だからゴウスケさんは、人の心の中にいるんじゃないのかな」

綾は、つとめて真面目な顔を作って言った。

たちまち、二人からはブーイングを食らった。

「つまんなーい」

「テンション下がるー」

「ゴウスケさんは実際にいた方がいい」

「だよ。めちゃイケメンだしねー」

「ねー」

二人は顔を見合わせた。鏡に向き合うような二人を見ながら、この子たちにとって、ゴウスケさんはまだ安全だとも思う。バーチャルだから。

釘を刺すつもりで言う。

「管理人のお兄さんには注意しましょう」

すると、ふいをつかれたように、ゆらが一瞬ぎくっとほほをひきつらせた。

その表情に綾は確信を持った。

「ネット上はバーチャルじゃないのよ。現実だから。しかも無法地帯。楽しげなサイトを開いて油断させる悪い大人がたくさんいるからね」

こう言っただけで、充分効果はあったようだ。

ゆらの体は硬直し、顔は、白いクレヨンで塗りつぶしたみたいになった。

綾には前回、ゆらからきいた話の中で、ひとつひっかかった点があった。

ゆらは「管理人さん」の話をするとき「おじさん」と言ったり「お兄さん」と言ったりした。最後に念を押したが、やはり一定しなかった。

何かをごまかしているような気がした。ずっと考えて、ふと思った。

もしかしてこの場合の管理人とは、住んでいるマンションではなく、インターネットのサイトの管理人かもしれない。

だから、さらに管理人の性別を確かめてみたのだ。

「ゆら、どうしたの？」

ゆらの表情は、さらにもわかるくらい明らかに変化したらしい。二人があまり似ていないことに、綾はここで初めて気がついた。

「ゆらさん。予約取って行く？」

「……」

ゆらはしばらくテーブルを見つめていたが、やがて顔を上げた。

「……それはいいです」

迷いを見せたものの、ゆらはきっぱりと言った。

「そう。じゃあ、困ったことがあったら、いえ、困ったことになるかもって思ったら、すぐに来てね」

「わかりました」

ゆらはうなずいた。少し顔に色が戻ったようだ。見ると、さらが、ゆらの手をしっかりと握っていた。

「行こう、ゆら。ありがとうございました」

姉のさらがゆらを立ち上がらせると、

「ありがとうございました」

ゆらも軽くおじぎをして、二人は手をつないだまま部屋を出て行った。

ハルジオンとヒメジオン。どちらもしっかりした根を張りますように。

綾は祈るようにつぶやきながら、扉の札をひっくり返した。

三つの名前

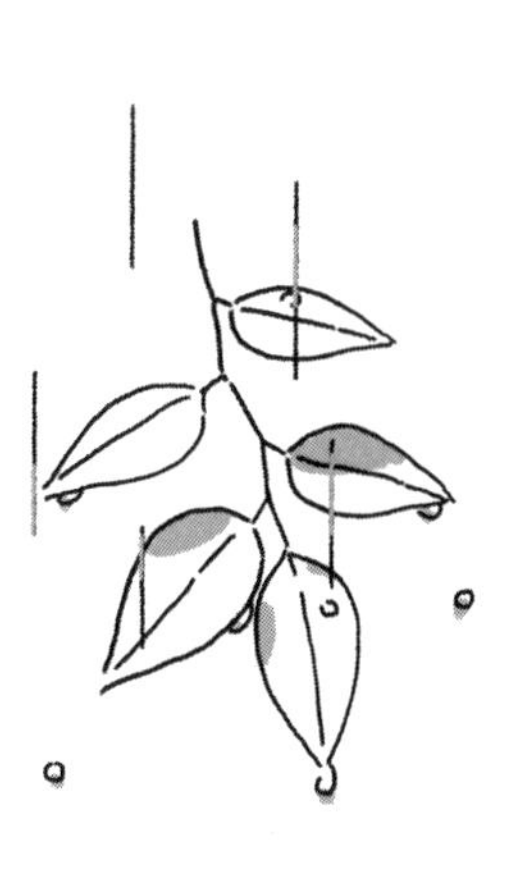

梅雨入りが宣言されたとたん、空が重たくなった。セージグリーンのカーテンも、光が少ない分くすんで見える。太陽が届かないと気持ちも晴れないのか、梅雨時は不調を訴える生徒が増えると、養護の先生も言っていた。

綾も、梅雨はあまり好きではなかった。

二つ年上の兄が、中学校二年のとき、自分の部屋から出なくなった。

そのはじまりが梅雨時だったのだ。薄暗い長雨のある日、兄は部屋にこもり、ドアとカーテンを閉ざしてしまった。

この時期になるとつい思い出し、心が重たくなる。

綾は立ち上がって、セージグリーンのカーテンを開いた。

重たい空を恨めしげに見上げていると、ドアのノックの音がきこえた。

コンコンコン。

「はいどうぞ」

清二さんだ。手にハンドクリーナーを持っている。数日前にエアコンの点検に各教室を回るというお知らせプリントが届いていた。

「よろしいですか」

「あ、よろしくお願いします」

綾は頭の中のことをかき消して、明るい声を出した。

「ではテスト作動してみましょう」

清二さんが壁に取りつけてあるエアコンのリモコンを手に取ったとき、入口の電話が鳴った。

かけてきたのは、三年三組の担任だった。

「ちょっとうちのクラスの生徒の話をきいてみてもらえます？」

「お悩み相談ですか」

部屋の予約にしては、語り口が軽いので、いくぶん気楽にきいてみた。カウンセラー室には「お悩み相談」と称して、遊びに来る生徒も多い。

「いや、本人の悩みというよりも、指導する側がちょっと戸惑っているんです。チェックポイントは満たしてないんですけど、ここは、年が近い谷川さんの方が、今どきの事情をよく知っているだろうと思いまして」

担任は定年前のベテランだが、自分のような若者を認めてくれているのは嬉しかった。

「わかりました。ではさっそくですけど今日の放課後でいいですか」

「はい、お願いします。名前は、橋本啓太といいます。眼鏡をかけたやせ形の生徒です」

机に戻り、教えられた名前と特徴をメモした。

「先生から生徒さんの予約でした」

綾は、リモコンを押しながら動きを確かめている清二さんの背中に向かって言った。

「システムがきちんとしているから、私も助かります」

日向丘中学校には、教師とカウンセラーの間の隔たりをなくすために、独自のシステムが作られている。システム作りはひとつ前の代の校長の発案で、綾も就任した際に教師や養護教諭と確認した。

生徒にカウンセリングが必要かどうかを、あらかじめ作ったチェックポイントで、教師と養護教諭が判断する。チェックの項目は、登校日数、学業成績の推移や、校則違反の回数、保護者との連携の難易度などで、ポイントを満たした場合、本人が希望すれば、教師が予約を取る。「お悩み相談」で生徒が勝手にやってくることや、今日のようにイレギュラーな場合もあるが、大まかにはそのシステムによって動いている。

「……そうですか」

言葉少なに答えた清二さんの背中が、少し小さく見えた。言ってしまってから、どうしてこんなことを清二さんに言ったのかと思う。

「この部屋ができてから、生徒たちも助かっていると思いますよ」

清二さんの声が風にきしむ枝のように苦しそうで、綾はやはり、自分が始めた話を後悔した。

「それならいいですけど」

つぶやいて、うなだれてしまった。

「ここのエアコンは大丈夫です。フィルターにだけ、掃除機をかけておきますね」

「あ、ありがとうございます。すみません」

謝った綾の声は、動きだしたハンドクリーナーの音にかき消されてしまった。


どうしてあんなことを言ってしまったのだろう。

点検を終えた清二さんが帰ってから、綾は思い返した。

答えはすぐ出た。

兄のことを思い出してしまったからだ。

兄が引きこもった十数年前、きっかけとなったのは、当時の担任の先生の対応だった。

担任の名前は、横森清二。

清二さんは数学の先生で、兄のクラス担任の後、幾度かの転勤ののち、校長となって日向丘中学校へ戻り、定年を迎えた。そして現在は用務員をしている。教師が再就職先に用務員を選ぶのは異例だが、本人のたっての希望だったという。

どんな心情だったのか、直接きいたことはないけれど、綾にはなんとなく清二さんの気持ちがわかるような気がしていた。教育から離れたところで、生徒たちと関わりたかったのだろう。その証拠に、用務員室を訪れる生徒は多い。

カウンセラーと教師の関係を密にするために、システムを作ったのは校長時代の清二さんだときいた。

だからさっき綾が口走ってしまった、システムへの感謝の気持ちは、当たり前だと言えばそうだ。清二さんの発案なしにはなかったことなので、純粋な感謝とも言えるが、綾の中にあったのは、それればかりではなかった。

「先生が生徒を追い詰めることがある」ということを、暗に匂わせてしまったのだ。

兄が不登校になったとき、綾の両親は担任の対応を問題視した。

発端は、クラス内に起こったいじめだった。二年進級時のクラス替えからほどなくして、特定の男子がからかわれたり、物を隠されたりするようになった。

兄の席はその男子の隣だった。優しく繊細な兄は、その様子を目にするだけでも苦しかったはずだ。それでも兄は、その男子のことを気にかけていたらしい。隠された教科書を見せたり、元気づけたりしていたという。

しかしそのうち、いじめの矛先は兄に向いた。仕掛けを作ったのは隣の席の生徒、つまり、いじめられていた男子だった。今まで自分がやられたのと同じ手口で、兄の持ち物を隠し始めたという。

しばらくすると兄の様子が変わってきた。食欲がなくなり、笑わなくなった。

気がついた母が問い質したけれど、兄は多くを語らず、ますます不機嫌になってしまった。

それまで穏やかで優しかった兄の変化に綾も戸惑ったくらいだから、母親の動揺は大きかっただろう。すぐに担任に相談した。けれども思ったような対応をしてもらえなかった。

横森先生は、母の訴えにこう答えたそうだ。

「しばらく様子を見させてください」

「しばらくってどれくらいなの？　様子を見るって結局何もしないってことじゃない。あの先生は、問題をないものにするつもりよ」

帰って来た母は、形相を変えて声を荒らげた。

やがて兄は学校を休み始め、母は何度か学校に足を運んだが、横森先生から告げられたことは、

「谷川くんと同じように、みんな私の生徒なんです。それぞれに事情や問題がある」

ということらしかった。そしてこうも言ったそうだ。

「今は家で勉強させてください。戻ったとき、遅れていると、ますます居心地が悪くなると思います」

母親からの伝言なので、どこまでが正しいのかはわからない。でも、母にしてみれば、横森先生は、

「悪い子の味方をする」

「無責任な」

先生だということになった。

にもかかわらず、勉強が遅れるという意見にだけはやっきになった。綾の家は、祖父か

ら続く内科医院で、兄も自然と進路を決められていたのだ。

小さなころから優秀で、順調に医師への道を歩いていたはずの兄の思わぬ失速は、母だけではなく、父をもうろたえさせた。「担任がそんな態度なら」と、家庭教師をつけた。


実際には、横森先生の発言が正しく伝聞されたのかも、その本意もわからない。成績が下がることを恐れた母親が、過剰に反応したのかもしれない。父親の動揺も、開業医の使命感によるものだったと思う。横森先生の発言の裏にだってちゃんと意味があったはずだ。

大人になった今なら、両親の事情もわかるし、スクールカウンセラーとして、学校に勤めはじめて、横森先生の気持ちもわかった。兄をいじめた生徒にも、やむにやまれぬ事情があったのかもしれないし、それに第一、教師にとって、生徒は平等に大切な存在でなければならない。

兄を取り囲んでいた大人たちは、みんなそれぞれの思いがあった。一つひとつは正しいけれど、どこかがズレていた。そのズレが兄を苦しめたのだろう。

しかし、兄にとってはそれさえもきっかけにすぎなかったのだと綾は思う。真面目で優しい兄は、胸の内に、小さな矛盾をずっと育てて来てしまっていた。ぱんぱんに膨らんでいた風船は、いつか破裂しなくてはならなかったのだ。

日向丘中学校に配属になったとき、その横森先生がいたことは、綾にとっては衝撃だった。しかも、学校用務員という立場で。

カウンセラー室を訪ねてくれたのは、横森先生の方だった。

「お兄さんの担任だった横森清二です」

だしぬけな自己紹介を受けて、綾は言葉を失った。

カウンセラーになって四年目だった。多少の経験を積み、信じられない事態にもそれなりに遭遇してきた。ずいぶん耐性もついたと思っていたが、これには見事に取り乱した。絶句したまま、あわや呼吸が止まるかと思ったが、そうならなかったのは、横森という人の印象が予想に反していたからだ。

母親の発言から想像していたのは、鬼のような形相をした体の大きな人だった。あるいは、勉強のことだけを気にする、血も涙も持ち合わせていないような教育ロボット。しかし、目の前の横森先生はそのどちらでもなかった。顔立ちはいかめしかったが、なぜか穏やかだった。

「お兄さんは、お元気ですか」

声も静かで落ち着いていた。

「……は、い」

「今は、家に？」

「い、いいえ」

綾は首を振った。中学校二年生のときに引きこもってしまった兄は、家庭教師がついたものの、勉強への意欲をなくしてしまった。高校は通信制を選んだが、うまくいかなかった。

基本的に引きこもっていた兄が、家を出たのは三年前のことだ。自らの選択だったという。兄の心にどういう変化があって、その選択をしたのかは、綾にはよくわからない。綾の方は、そのずいぶん前に大学入学のため家を出ていたからだ。

「ひとりで暮らしています。でも私も実家を出ているので、よくわかりません」

突然あらわれた兄の元担任に、驚きの方が先に立ち、兄の近況をうまく説明できなかった。

「……そうですか。……おじゃましました」

横森は会釈をしてから立ち去った。

その後しばらく、綾は横森の姿を目にすることはなかった。もともと通勤時間や主な勤務場所、立場が違う用務員とカウンセラーの接点は少ないのだが、さらに綾が会わないように気をつけていたからだ。たとえば教室のゴミ出しは、収集場所に人気のない隙を見はからい、事務室に必要な備品をもらいに行くのも、時間を選んだ。教室の設備点検のときも、席を外すようにしていた。

それでも、意識的に遮断しているはずなのに、横森の噂は、ほどなく耳に入って来た。

〝清二さん〟という呼称で。

カウンセラー室に、生徒たちがちらほらと「お悩み相談」にやってくるようになったころ、綾はよく耳にする呼び名が二つあることに気がついた。

ひとつは〝ゴウスケさん〟。

もうひとつは〝清二さん〟。

前者は存在しない人で、後者は存在している人。

だが二つの名前を口にするとき、生徒たちはなぜだかみんな、明るい顔をしていた。

「日向丘中学校には、ファーストネームで呼ばれる人が二人いて、そのどっちも人気者なんですよ」

と教えてくれたのは、校長先生だ。江崎という女性校長は、かつて横森の部下だった人で、カウンセラーの重要性もよく理解してくれている。

「私たち教育者は、失敗もたくさんしています。けれども、やはり子どもが好きで、人間が好きなのです。そして、教育の力を信じています。横森先生はちょっと口数が少ないけれど、生徒に対する愛情の深い方です。でも不器用なのですね。谷川さんも、横森先生、いいえ、清二さんのことをよく知ったら、それがわかると思います」

江崎校長が言ったように、横森は生徒たちに人気があるようだった。校庭の隅にある用務員室を生徒が訪れているところを、幾度も目にした。少なくとも両親が糾弾していたような人物ではなさそうだった。

一年をかけて、横森清二の人となりを理解した綾は、ゴミ捨てや備品の受け取りに気を使うことをしなくなった。

綾が生徒たちからファーストネームで呼ばれるようになったのは、そのころからだ。

〝ゴウスケさん〟

〝清二さん〟

〝綾さん〟

日向丘中学校には、現在〝さんづけ〟で呼ばれる名前が三つある。

先生のように近くなく、友達ほど深くもない。けれどもいつもそばにいる存在。

その名前を生徒たちは、親しみをこめて〝さんづけ〟で呼ぶ。

5 何が金？

ぼくは急いでいた。朝礼の後、担任から思いもよらない所へ行けと言われたからだ。

カウンセラー室。

「今日ですか？」

突然（とつぜん）のことに面食らったが、担任は、

「急で悪いが行ってみてくれ。放課後三十分くらいで終わると思う」

と、言った。

「三十分ですね」

ぼくは言い替えた。くらいとか、程度とかいう尺度は嫌いだ。ずるずると時間を食いつぶす危険がある。時は金なり。時間は大切だ。ぼくの一日は、しっかりとしたルーティーンの上に成り立っている。

午前七時に起床、朝食、身支度を済ませ七時五十五分に通学のため出発、学校で五時限なり六時限なりの授業をこなして、遅くとも五時前には家に帰る。一分一秒無駄にしたくはない。もちろん家でも同じだ。ベッドに入るまでの計画は細かく定められていて、乱れそうになると、気持ちが落ち着かなくなる。

だから、担任のイレギュラーな指示は迷惑でしかなかったが、断りはしなかった。ぐだぐだ抵抗している時間の方がもったいない。世の中には反抗期という時期を持つ人間もいるらしいが、あれは膨大な時間とエネルギーの損失だ。

終礼が終わるや否や、ぼくは教室を飛び出した。階段を駆け下り、別館の一階にあるというカウンセラー室に走った。

「あの」

半びらきの扉からのぞくと、おかっぱ頭の年齢不詳なお姉さんがいた。

「先生に言われてきたんですけど。綾さんですか」

担任から教わった名前を確認すると、

「はい。三年三組の橋本啓太くんですね。どうぞ」

綾さんはにっこりと笑った。

「はい。ここですね」

勧められたソファにさっと座り、まず時計を見た。四時ジャスト。

「私もここに座るわね」

「どうぞ」

確かめた綾さんに、ぼくは快くうなずいた。時計がきりの良い時間を示しているのが気持ちよかった。帰る時間がわかりやすい。

なのに綾さんは、

「担任の先生からは何もきいてないから、自由に話をしましょうね。ゆっくりしていって
いいわよ」

などと言った。

なんて呑気な。

「一時間、いくらなんですか」

だから思わずそうきくと、綾さんは、何かのふたが開くように、ぽかんと口を開いた。

「はい？」

「一時間いくらですかってきいたんです」

不毛な繰り返しに苛立ちを抑えながら言うと、「無料です」という答えが返ってきて、今度は噴き出しそうになってしまった。

「ぼくが払うお金じゃありませんよ。綾さんは時給いくらもらうのか、ときいたんです」

「私の時給……」

「知らないの？」

「いや、そんなことときかれたの初めてだったから」

綾さんは苦笑しながら、

「時給換算なんてしたことないなあ」

と首をかしげた。本格的に呑気な人らしい。

「私は市の嘱託職員で、時給ではなく、給与は月額同じ額が支給されてるの。月によって、勤務時間に多少の差は出るけど、あまり気にしたこともなかったわ。なんかいろいろ引かれてるし」

「やばいっすね」

「そうですか」

「そうですよ。世の中はコストと時間で動いているのに。時給を知らないってことは、自分にとっての時間の価値がわからないってことですよ」

そう言いながら、ぼくは壁の時計をちらっと見て、ちっと舌うちをした。四時五分。およそ三百も数える間、無駄な時間を過ごしてしまった。しかも、

「私の時間の価値……」

もう切り替えたいのに、綾さんはまだこだわっている。

「時給ってそういうことなの？　たとえばこの県の最低賃金は、八百五十円くらいだったから、この県に住んでいる働き手は、最低でも八百五十円分の時間を持っていることになるの？」

「そうですよ」

ぼくは首を大きくひとつ上下に動かした。メガネのブリッジを押し上げる。

「人の能力によって、持っている時間の価値も当然変わってくるんです」

「そ、そんなばかな」

「ばかなって」

綾さんは驚愕の表情を浮かべたが、驚いたのはこっちのほうだ。新入社員と大企業のCEOが持っている時間の価値が同じわけがない。

「時間はすべての人が平等に持っているものでしょう。平等ってことは、等価ってことよね」

身を乗り出して訴えてきた。

「だから、」

ぼくは言葉を切った。嫌な予感がした。かみあわない価値観の落とし所を見つけるまでに、大きな時間を浪費しそうだ。

「すみません、その話はもういいです」

声にいらいらがこもった。

「ぼくはここに用事はなかったんです。でも近藤先生が行けって言うからしかたなく」

「そうなのね。そんなに忙しいんだ」

「はい。家に帰ってネットやらなくちゃ」

「ゲーム？」

「ふっ、ゲームなんかじゃないですよ」

ぼくは、鼻で笑った。ゲームとはいかにも中学生を軽んじた発想だ。

だが、次の瞬間耳を疑った。綾さんがこう言ったからだ。

「じゃあ、株？」

これまでの会話の間、株というワードは一度も使ってないはずなのに、言い当てられてしまった。

「どうしてわかるんです？」

まさか、特殊能力か。

だが綾さんは平然とした顔で、脇に置いていた荷物を指さした。

「だってそれ」

見ると、スポーツバッグのファスナーが開いていて、本の背表紙がのぞいていた。今日は急いで帰り支度をしたので閉め忘れていたらしい。

本のタイトルは『ウイルスにもエイリアンにも負けない株取引』。ぼくの愛読書だ。

「なんだあ」

ほっとした。

「妙に勘がいい人がいるんだよね。カリスマ的な。綾さんもそのタイプの人かと思ったよ」

ついひとりごとを言いながら、ファスナーを閉め、壁の時計を見やる。四時十二分。

「そうです。株です。日本の相場はもう終わりましたけど、記録をとってニューヨークの寄りつきに備えなければ」

ぼくの自宅での時間の使い方は、おもに金融市場の情報を集めることと、経済の知識を深めるためにある。ユーチューブやツイッターも、基本的に経済関連のものしか見ないその辺の事情を初心者にもわかるように、かいつまんで説明した。

「実際に株取引をしているの？」

「まだ実際にはやらせてもらえないんです。毎日株価を記録してチャートにしているだけ。やってみたいんですけど」

「ならよかった。大学生のとき、やってた同級生がいたけど、うまくいってなかったみたいよ。世の中予想もつかないことがおこったりするでしょう」

「ふっ。なめてもらっちゃ困るな」

ぼくは綾さんの心配を、再び鼻であしらった。こう見えてもちょっとした投資家のつもりだ。

「もう、五年は研究してるんですよ」

「てことは、小学校の三年生くらいから？」

「はい。株は生きものですよ。よっぽどの事態じゃない限り、チャートをつけているとそれぞれの個性がわかる。母さんもそう言う」

「お母さんがやってらっしゃるのね」

「はい。だから母さんの仕事中は、ぼくが動きを見て記録をつけるんです。勉強にもなるし、うちはシングルマザーだから助け合わなきゃ。ぼくは筋がいいって、母さんからも言われる。冷静なんです。ああ、早く自分の力を試したいよ。お金が欲しい」

足の裏がうずうずしてきた。なのに、綾さんはまたとんちんかんな質問をした。

「どうしてそんなにお金が？」

「だってお金があればなんだってできるじゃないですか？　欲しいものは買えるし、行きたい所にも行ける。どうして疑問が出る？」

「たとえば、将来留学したいとか、会社を興したいとか、目標があるの？」

「……今はわからない。でもそういう気分になったときこそ、お金は必要でしょう？」

この会話は成り立っているのだろうか。

やりとりをしながら、考える。

いや成り立っていない。質問の往戦だ。落とし所なし。従って無駄。

結論を出したのに、綾さんはまだズレたことを言っていた。

「でもね。お金っていう言い方は、直接的すぎるんじゃないかしら。なんかちょっとしんどい……ああそうだ。この間、昔の小説を読んでたら、先立つものっていう表現が出てきたわ。そのまま言うと生々しいけど、言い方を変えてみたら、まろやかでしょ」

食レポか。

「ぼく、昔の人じゃないし」

壁の時計を睨む。四時二十七分。

「もういいですか。昨日はだいぶ荒れてたから、今日の寄りつきがめっちゃ気になる」

ぼくは立ち上がった。おおむね損をしたが三分節約できたことが、せめてもの救いと割り切る。が、荷物を持って歩き出そうとすると綾さんが言った。

「もう一回だけ来てくれる？」

「は？　なんで？」

「もうちょっとだけ話をききたいから」

「……え、は？　わかりました」

ぼくはとにかく承諾して走り出す。抵抗する時間がもったいない。

＊

橋本啓太の担任に、もう一度面談をする旨の報告を済ませ、綾も仕事を終えることにした。頭の中心からしびれが広がっていた。相談者の話をきいているとき、どうしてだか眠たくなったり、おでこの内側が熱を持ったりすることはある。でも、こんなふうに全身がぐったり重たいことは初めてだ。わからない話を一生懸命にきいたせいだろう。理解ができる、できないではなく、そもそも次元がズレていて、話がよく見えなかった。

職員玄関を出て体を引きずるようにして歩いていた綾は、ふと足を止めた。

「あら」

何を見るでもなかった目に、飛びこんできたものがあったのだ。

日下部くんだ。

日下部泰人がグラウンドの隅で大きな背中を丸めていた。用務員室の前だ。のこぎりで何かを切っている。

綾は引き寄せられるように、泰人の元へ歩き出した。

「こんにちは」

そばまで行って声をかけると、泰人は顔を上げた。綾を認めると、わずかに首を動かしたが、すぐに手元に視線を戻した。泰人は木材を切っていた。そのそばで清二さんが、切った木材にヤスリをかけている。

「ああ、お疲れさまです」

綾に気がつくと清二さんは手を止めた。

「伐採材をたくさんもらったんで、木陰にベンチを作ろうと思うんですよ」

「わあ、緑陰ベンチですね。気持ちいい読書ができそう」

「日下部くんはロッキングチェアーを作りたいって言ったんですけど、さすがにそこまではできませんから、普通ので」

「ああ、あれ気に入ったのね。私も好きなのよ」

綾は泰人にも声をかける。

「……はあ」

泰人からは、はかばかしい返事はなかったが、それでも綾は嬉しかった。

そういえば、私の小学校にもあったな。

校庭の木陰にベンチがあり、ときどき担任の先生がそこで読みきかせをしてくれた。

「『モモ』とか『指輪物語』とかを読んであげたらどうだろうな」

楽しかった気持ちがよみがえり、思わず口にしてしまう。時間泥棒と戦う勇敢な少女や、指輪の魔力に取りつかれる愚かな登場人物たちの物語に触れたら、何か心に変化がおこるんじゃないだろうか。が、思いついたと同時に打ち消した。

「それも次元が違うか」

ひとりごとを言っていると、清二さんの声がした。

「日下部くん。今日はここまでにしよう」

「明日もまた来ます」

泰人が答えている。

「ああ、ありがとう。それじゃあまた」

「さようなら」

泰人は切った木材を用務員室の入口の脇に寄せ、のこぎりの木屑を払った。そしてさっと布でふき、道具箱に片づけ、帰って行った。手早いが丁寧な仕事だった。

「日下部くん、よくここへ？」

「ええ。綾さんのところで会った次の日だったか、ふらりとやってきたんです。授業中だったんですけど。何かやりたそうな感じがあったから、駐車場の砂利撒きを手伝ってもらって。よく働きましたよ」

「そうですか」

綾は声を弾ませた。泰人に抱いていた心配事が少し晴れる。泰人が出入りしたタイミングで、カウンセラー室のカッターナイフがなくなったことがあり、もしかして泰人が持ち出したのでは？　と気がかりだったのだ。


〝芋虫もカッターナイフも、自分の居場所を見つけたのでは？〟


メールの答えが思い出され、改めて納得してしまう。

ここが、彼の居場所かも。

それを裏づけるように、清二さんは教えてくれた。

「それからはちょくちょくやってきます。放課後とか昼休みとかね。昨日は『ベンチを作ろうか』って言ったら喜びましてね」

「日下部くんは、大工仕事が好きらしいです。材料にも詳しいんですよ」

無口な泰人が唯一話してくれた様子を思い出すと、清二さんはうなずいた。

「ああ、彼は筋がいい」

「……筋」

弾みそうになった心にストップがかかった。

「なにか？」

「いえ、ちょっと……。いろんな筋があるものですね」

綾は、相場を見る筋がいいと誇らしげに語った啓太を思い出してしまった。

「清二さん」

吐き出すように切り出した。誰かに答えてもらいたかった。

「この世でいちばん大事なものは、なんでしょうか」

「それはまた」

いきなり壮大な質問をされたためか、清二さんは目をしばたたいたが、綾はたたみかけた。

「たとえばですけど、世の中でお金と時間がいちばん大事だと、何の躊躇もなく言う生徒に会ったら、清二さんならどうアドバイスされますか」

「ああ、それで『モモ』とか『指輪物語』と言っていたんですね」

清二さんは納得したように微笑んだ。

「そうなんです。木陰のベンチでそういう物語を読めば、考えが変わるかもしれないと思ったんですが」

「ああ、なるほど」

「でも、日経新聞とかの方が喜ばれそう」

綾は首をすくめた。

「さっきも『お金』と『時間』を連呼されて、きいているうちに気持ちが重たくなりました」

「ああ、お若い綾さんでもそうですか。私も経済の話をおおっぴらにするのは抵抗がありますね。お金の話は、はしたない、と言われて育ちましたから。〝武士は食わねど高楊枝（じ）〟という言葉も使っていましたし。我慢（がまん）強いことが美徳とされていたんです」

「それはそれで、苦しそうですね」

「ええ。人生は、我慢大会じゃないですから」

清二さんは苦笑いをして続けた。

「しかし、ほかの価値に気づくのは大事かもしれません。もっと大きな力に」

「大きな力？」

「ええ。たとえば自然とか。自然の営みの前では人は無力を自覚するしかありません。けれどもその自覚が大きな力をくれることもある」

「……」

清二さんの言葉は、すっと綾の心に入ってきた。光が差しこんだように、はっとする。

「兄も自然に救われました」

「え？」

「じつは今、農業をしています」

「谷川（たにかわ）くんが農業を？」

「はい。そうなんです」

綾は兄の近況をかいつまんで語った。清二さんには初めて話すことだった。

引きこもっていた兄が、Iターン事業に力を入れている地域に移住したこと。そこの農家に弟子入りしてトマトを作っていること。そして今では数少ない若手の後継者として、地域の人たちから期待されていること。

「そうですか。谷川くんが農業をねえ」

きき終えて、清二さんは、かみしめるようにつぶやいた。

「自然に助けられたんでしょうか」

「ええ。土をいじったり、肌で風を感じたりするのは、心が休まるものです。太陽光もいい。なにより肉体労働で疲れると、お腹もすくし、よく眠れる」

話しながら、綾はあの椅子を寄贈してくれたのは清二さんだったことを思い出した。桜の古木で職人さんが作ったというあの椅子は、自然の力を持っているから、あんなに心休まるのかもしれない。

「カウンセラー室のロッキングチェアー、本当に重宝しています。生徒さんたちだけではなく、私も癒（いや）されてます」

そしてそのお礼を言っていなかったことも思い出した。

「ありがとうございました」

「それはよかった」

清二さんは照れたように笑い、顔を上げた。

「さっきの答えですけど」

「さっきの？」

「はい。お金と時間がいちばん大事だという生徒になにか言うとしたら、っていう」

「はい」

綾は息をつめて次の言葉を待った。

「……〝人は金なり〟ですかね」

清二さんは少し考えてから言った。

「このごろ本当にそう思うんですよ。健康な体と心があれば、人生なんとかなるものです」

＊

「こんにちは。忙しいところごめんなさいね」

一週間後、急ぎ足でやってきた啓太を綾は明るく迎えた。

しぶしぶながらもやっかいごとにつきあう啓太は、なかなか律儀な性格のようだ。

資産運用なんかしなくても、こんなに真面目ならだいたい大丈夫そう。

啓太はソファに座るなり言った。

「三十分以内にお願いします」

時計に目をやった啓太にうなずいて、綾はロッキングチェアーを指さした。

「その椅子に座ってみない？」

「は？」

「たまにはゆっくりしてみるのもいいんじゃないかと思ったんだけど」

だが綾の目論見は軽い鼻息に吹き飛ばされた。

「ふっ。そういうの、大丈夫ですから」

あえなく断られ、自然の力を借りるのはあきらめる。でも、もうひと踏ん張りしてみた。

「ゴウスケさんのことは知っている？」

ならば、ちょっとしたファンタジーの力を借りることにする。

元はこの学校の生徒だったゴウスケさんは、日常の人だった。だが、語り継がれている今のゴウスケさんは、非日常の中に生きている。日常から非日常にズレたゴウスケさんなら、壮大なファンタジーほどには飛躍をせず、啓太の心に響くかもしれない。

だが、啓太はぽかんとした。

「は？」

「ゴウスケさんよ。この学校にいるっていう、ゴースト的な」

「ああ、その話」

知らなかったわけではなく、予想外のことだったらしい。理解したとたん、開いていた唇を引き締め、目を細めた。細い目のまま、ちらっと壁の時計を見た。けれども……。

何も言わなかった。気がつかないようだったので、綾は続ける。

「ゴウスケさんって、日向丘中学校の生徒だったのよ。でも、わけあって不登校になったの」

「え、あ、そうなんですか」

すると啓太は初耳だからか、少し関心を示した。

「いじめられた友達をかばったのに、それが裏目に出ちゃったの。それだけでも辛かったのに、教師も家族も本当の気持ちをわかってくれなかった。それで学校にも行けなくなったんだって。日向丘中学校で、生徒たちが幽霊みたいなものを見ちゃうのは、いろんなことがあった学校に、ゴウスケさんの気持ちが残っちゃってるからかもしれないね」

啓太は珍しく耳を傾けていた。

「橋本くんは、ゴウスケさんに会ったことある？」

もしかして、と思って質問をしてみたが、啓太は首を左右に振った。綾は「あれ？」と思った。動かした首がなぜか重たそうだったのだ。

悔しそう。

「そんなの見たいとも思わないし」

案の定、啓太はふてくされたように口をとがらせた。ばかにしているというより、負け惜しみにきこえて、綾にはその感情がわからないこともない。

　前回来たときに、啓太は綾に株のことを言い当てられたと誤解し、色をなして「勘が働く人」だの「カリスマ」だのと口走っていた。啓太が夢中になっている世界には特別な才能がある人がいるのかもしれない。そしてそれが羨ましいのかもしれない。

「そう。よかった。そういうおかしなものは見えない方が絶対いいよ」

　だから綾は、わざと断定的に言った。

「そう、ですか？」

　啓太は壁の時計に目をやり、ちょっと首をひねった。さっきよりも大きなアクションだが、その理由は口にしなかった。

　綾はさらにゆっくりしゃべる。

「うん。だって、そんなもの、見えている時間がもったいないでしょう。株の相場だって刻々と変わるから、変なものを見ているうちに、タイミングを逃してしまうこともあるでしょう」

「それはそうだけど。でも、予知能力は欲しいよ」

身を乗り出すようにして言う。

「ネットで知り合ったトレーダーさんは予知夢を見るんだって。この前、乗ってるジェットコースターが、がーっと下る夢を見たんで次の日の寄りつきで売ったら、その日はストップ安まで下がっちゃったんだって」

「へえ」

「その人、中学生のころ幽霊とかよく見てたらしい」

「へえ」

本当かなと思いながらも、あいづちだけ打っておく。そのトレーダーさんは、自分のカリスマ性を高めたいのだろうが、それを言っても悪口になるだけだ。

「勘とか、予知能力とか、予知夢とかはね、特別な能力ではないと思うよ。その人の経験によるものなんじゃないかな。経験が知らず知らずに心の中に積み重なっていて、自分が意識するより先に、無意識が教えてくれるんじゃないかと思うよ」

綾が言ったときだった。

「あっ！」

啓太が大声を上げた。壁(かべ)を指さしている。

バレちゃった。

「やっぱ止まってる!」

さすがにわかったようだった。

「さっきから、おかしいと思っててたんだよ」

「あらあ、電池切れかしら。それともゴウスケさんの仕業(しわざ)かしら」

気色(けしき)ばむ啓太に綾は白々しく言った。本当は時間をしばし忘れてほしくて、電池を抜(ぬ)いておいたのだ。

そのとき、二人の目の前を小さな影(かげ)が横切った。

「きゃっ」

びっくりして、綾が悲鳴を上げると、

「わあっ」

啓太も悲鳴を上げて飛び上がった。そして脱兎(だっと)のごとく、部屋の隅(すみ)まで逃(に)げてしまった。

まさか、本当にゴウスケさん?!

綾は目を凝らして、小さな影を必死で追った。

「あっ、ああ」

綾は目を見開いた。驚きに納得が続く。

「これだったんだ！」

「なに、なに」

啓太は部屋の隅で身を固めたまま、顔を上げずに問う。案外小心者らしい。

「ああ、やっぱり」

「教わった通りだった」

愉快な気分になって、綾はひとりごとを言いながら小さな影を追った。影は、あちこち飛んだあと、啓太の背中に止まった。

「じっとしててね。背中についてるから」

あえて主語は言わず、プラスチックケースを持って啓太に近づいた。

「ひ、ひえ〜っ」

啓太は悲鳴を上げるのもやっとという感じで、背中を震わせている。

震える背中に小さなボタンのようについているのは、テントウムシ。

きっとあのときの、芋虫だ。

写真を撮ってたずねた人からは、返事をもらっていた。


〝おそらくテントウムシ。そうなら草むらでさなぎになり、羽化するはずだから、しかるべき時期が来たらどこかから出てくるだろう〟


その通りだった。

そっと背中に指を伸ばすと、テントウムシはすんなり綾の指に移った。それをプラスチックケースに入れて、ふたを閉める。今度は逃げて行かないように。

「じゃじゃじゃじゃーん。正体はこれでした」

「へ？」

ケースを掲げると、啓太は、おそるおそる腕の隙間で目を開けた。

「テントウムシ？」

「そう。これの幼虫が前にいなくなってたんだよね」

「ひゃっ」

幼虫も苦手なのか、再び体が固まった。

「怖くないよ。かわいいよ。それにテントウムシって珍しいんだよ。確か絶滅危惧種じゃなかったかな」

「へえ、それじゃあ希少価値だ」

啓太は、啓太らしい現金なポイントに反応すると、平常心を取り戻した。すっくと立って、ケースの中をのぞきこむ。

「確かに久しぶりに見た」

表情が緩んでいた。小さな命をいつくしむような顔つきだ。これまで見せなかった優しげな顔に、綾も微笑みを返す。心が、じんわり温度を持った。

「かわいいね」

「うん、かわいいかも」

啓太は素直に応じ、ケースの中で、じわじわと動くテントウムシをしばらく眺めていた。

時間を忘れているのか、と思ったが、やがてはっと顔を上げた。

「さっきのあれね」

何を思い出したのか、啓太は口を開いた。

「え？」

「そのゴウスケさんの話だけど。友達に裏切られた上に、教師からも見放されて不登校になったっていう」

「あ、ああ」

「株にもさ、そういうことあるよ。チャートつけていると、最安値を更に更新してしまうこと。二番底って言うんだけど」

「はあ」

「でもそういうときは、一旦上がりだしたら一気に上がったりするんだよね。だからそのゴウスケさんも、何かのきっかけで一気にいい感じになるかもよ」

「……へえ」

「じゃあ、帰ります。忙しいんで」

啓太はお辞儀をして、部屋を出て行った。

その足取りは、来たときよりも少しだけゆっくりに感じた。


綾は記録をつけて、啓太の担任に電話をした。

正直に「何かの役に立ったかどうかわからない」と報告したが、「あの橋本が、二度も自分の時間を割いたこと自体が成長だ」と感心された。

うまく話をきけなかったばかりか、自分ばかり話してしまったけれど、少なくともテントウムシの可愛らしさを共有できた。それは綾にも嬉しいことだった。それに。

二番底っていうのがあるのか。

啓太のリアルが、自分の心を少し軽くしてくれていることに、綾は気がつく。ときどき異界に逃げて行きたくなる心を。

「ふふふっ」

こらえきれず笑い声が口をついた。

ゴウスケさんの話をするときに、綾には決して誰にも言わないことがある。

それは、綾だけが知っているゴウスケさんの誕生秘話だ。

ゴウスケさんは十四年前の新学期、日向丘中学校で生まれた。

誕生させたのは、一年生の女子生徒だ。女子生徒には、二つ上の兄がいたが、学校にはいなかった。兄は、女子生徒が入学する前年から、不登校になってしまっていたからだ。

ある日、女子生徒は、

「学校でおかしな影を見た」

と、噂を立てた。噂は生徒から生徒へと伝わり、すぐに学校中に広がった。みんな新しい環境に緊張していて、敏感になっていたからか、学校中がちょっとしたパニックになった。けれども、女子生徒がそんな噂を立てたのは、騒ぎを起こしたかったからではない。兄を忘れて欲しくなかったせいだ。本当はいるべき兄を、三年生のみんなに忘れてほしくなかったからだ。

ゴウスケさんの名前は、谷川公輔という。

噂を広めた女子生徒の名前は、谷川綾。

綾は、プラスチックケースの中でじっとしているテントウムシを、スマホで撮影した。

〝お兄ちゃんが言ったとおり、テントウムシだったよ。
羽化して出てきたけど、これから逃がすね〟

メールを送り、プラスチックケースのふたを開けた。そっと人さし指を伸ばすと、テントウムシは、はい上ってきた。綾は人差し指を天に向けた。すると、テントウムシも進行方向を変え、天を目指し始めた。

くすぐったい。

やがて、指先までのぼりつめたテントウムシは、つややかな水玉もようの羽を広げた。

「元気でね」

綾は飛び立つテントウムシに、声をかけた。

と同時にメールの着信音が鳴る。さっそく返事だ。

〝テントウムシは生物農薬として研究されているんだよ〟

綾が送る質問メールに返事をくれるのは、兄の公輔だ。仕事がら虫や雑草に詳しく、経験から中学生の心もよくわかる。公輔は、綾には頼りになる相談相手だった。

＊

それから一週間が経ったころ、思いがけない生徒がカウンセラー室を訪ねてきた。十五分間の中休みになってすぐのことだった。

「あら、橋本くん」

「どうも」

驚いた綾に、啓太はちょっと恥ずかしそうな顔をした。

「遊びに来てくれたの？　ありがとう」

「いや、遊びっていうか」

時間至上主義の啓太にしては、歯切れが悪かったが、思い直したように歩き出した。

「ちょっと失礼します」

ずんずんと部屋の中央に向かうと、ロッキングチェアーに座った。

「寝させてください。夕べあんまり寝てないので」

言ったとたん、目をつぶる。

「ああ、どうぞ」

綾は言って、扉の札を裏返した。

この間は、見向きもしなかったものの、ちょっと座ってみたくなったのだろうか。それとも何かあったのだろうか。

あれこれ考えながら部屋に戻ると、啓太はすでに目を閉じていた。

綾はカーテンを閉めた。

どんな相談かな。

少し幼さが残る啓太のほほをながめながら、これからされるはずの相談を、ゆっくりと大切に受けとめようと思った。

「人は、金なり」

綾は、自分に言いきかせるようにつぶやいた。

今日は梅雨の合間の五月晴れだ。明るい光が、セージグリーンを通り抜け、啓太をやわらかく照らしていた。

まはら三桃 ………

1966年、福岡県生まれ。2005年、「オールドモーブな夜だから」で第46回講談社児童文学新人賞佳作に入選(『カラフルな闇』と改題して刊行)。『鉄のしぶきがはねる』(講談社)で第27回坪田譲治文学賞、第4回JBBY賞を受賞。『奮闘するたすく』(講談社)が第64回青少年読書感想文全国コンクール課題図書に選定。他の著書に『たまごを持つように』(講談社)、『伝説のエンドーくん』『空は逃げない』(ともに小学館)、『思いはいのり、言葉はつばさ』(アリス館)などがある。

日向丘中学校カウンセラー室

2020年11月30日　初版発行
2022年 4 月25日　第4刷

著　まはら三桃
装画　めばち

デザイン　bookwall
発行人　田辺直正
編集人　山口郁子
編集担当　末松由
発行所　アリス館
〒112-0002　東京都文京区小石川5-5-5
電話03-5976-7011　FAX03-3944-1228
http://www.alicekan.com/
印刷所　株式会社光陽メディア
製本所　株式会社難波製本

ISBN978-4-7520-0948-1 NDC913 136p 20cm